U0031890

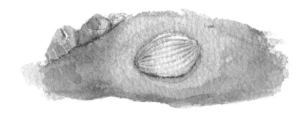

文字／**阿米箔**
台灣人，童書編輯，對繪本充滿感動，想為人們帶來單純與美好的那一刻。

繪者／**王小茵**
台中教育大學美術研究所畢業。國小國中代課 7 年，喜歡畫畫、打掃和追劇。
工作洽談 E-mail：marchwang1@gmail.com

宇宙之心：給最初的你

作　　　者／阿米箔
繪　　　者／王小茵
美 術 編 輯／申朗創意

總　編　輯／賈俊國
副 總 編 輯／蘇士尹
編　　　輯／高懿萩
行 銷 企 畫／張莉滎・蕭羽猜

發 行 人／何飛鵬
出　　　版／布克文化出版事業部
　　　　　　台北市中山區民生東路二段 141 號 8 樓
　　　　　　電話：(02)2500-7008　傳真：(02)2502-7676
　　　　　　Email：sbooker.service@cite.com.tw
發　　　行／英屬蓋曼群島商家庭傳媒股份有限公司城邦分公司
　　　　　　台北市中山區民生東路二段 141 號 2 樓
　　　　　　書蟲客服服務專線：(02)2500-7718；2500-7719
　　　　　　24 小時傳真專線：(02)2500-1990；2500-1991
　　　　　　劃撥帳號：19863813；戶名：書蟲股份有限公司
　　　　　　讀者服務信箱：service@readingclub.com.tw
初　　　版／2020 年 02 月
售　　　價／300 元
I S B N／978-986-5405-44-1

城邦讀書花園　**布克文化**
www.cite.com.tw　WWW.SBOOKER.COM.TW

宇宙之心
給最初的你

文字／阿米箔　　繪圖／王小茵

布克文化
WWW.SBOOKER.COM.TW

宇宙原本什麼都沒有，只有一顆心。

某天，宇宙之心忽然有了意識，
瞬間展露光芒，使得萬物甦醒。

它將自己的光芒與能量投放在宇宙萬物上。

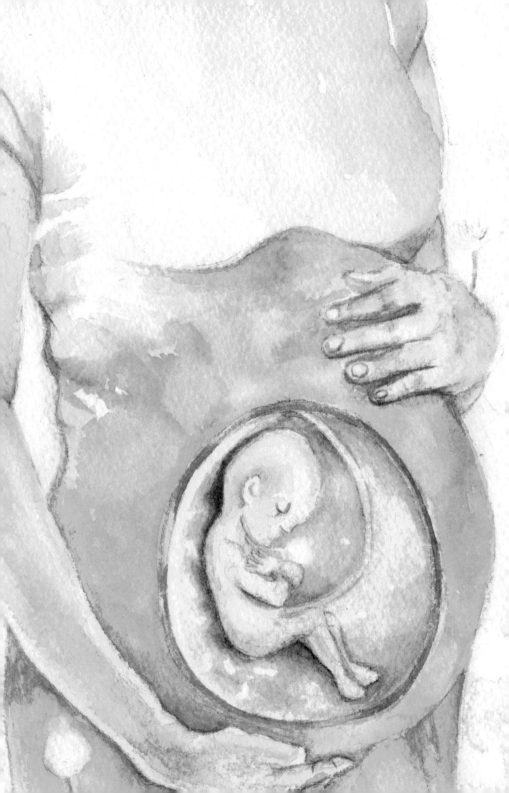

並且化作無數光芒，
降生在媽媽肚子裡。

降生在各種植物、動物、
宇宙萬物中。

宇宙萬物
都有宇宙之心。

時間是一道洪流，
萬物的宇宙之心
在時間裡頭不停交錯。

每個人與生俱來
都有不同的使命與體驗。
所有的體驗都是為了
激發內心的**良善與美好**。

無論是悲傷的、

快樂的，

醜陋的、

美麗的，

窮困的、

豐盛的，

生命的一切，
都是為了讓你找到藏在自己身上的
那顆宇宙之心。

找到的那一瞬間，

宇宙萬物一切都圓滿了。

宇宙之心就在我們身上閃耀著。

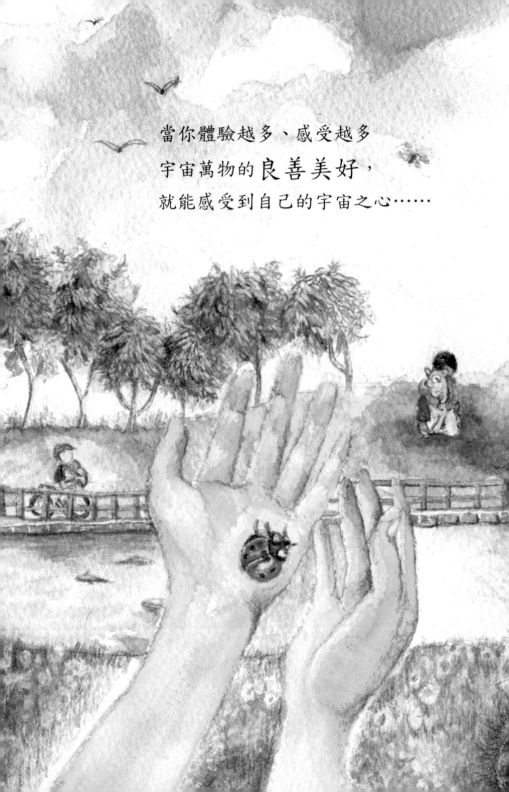

當你體驗越多、感受越多
宇宙萬物的 **良善美好**，
就能感受到自己的宇宙之心……

你準備好找到你的那顆心了嗎？

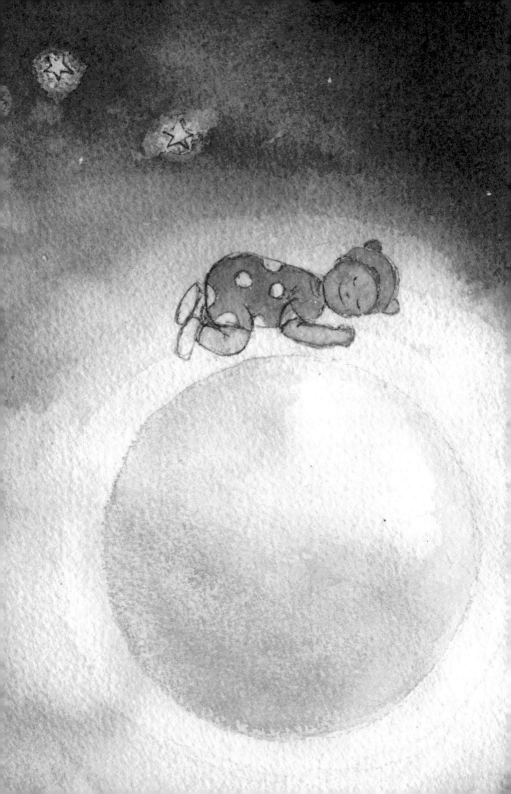

宇宙之愛

剛開始降生在地球的人們，僅須依靠太陽的光和熱就能充滿能量，
那時候的人們，能夠感受到宇宙之心的存在，並與自然萬物和諧共存。
有人以為太陽就是宇宙之心，也有人以為月亮是宇宙之心，
人們想要回到宇宙之心，但不知道該怎麼做才能回去。

他們崇拜著太陽或月亮。
直到某天，天空出現閃電雷光，一道閃電打在樹上出現火花。
人們看到火的光以為那就是宇宙之心，
於是，人們開始崇拜火。
希望藉由親近火就能回到宇宙之心。

但拜火的人們依然無法回到宇宙之心，
而開始感到傷心、憤怒、沮喪。
人們覺得自己被遺棄，太多太多的負面情緒充斥在心中，
這讓人們再也無法感受宇宙之心的存在。

悲傷痛苦的意念在地球上蔓延開來，自然萬物都承載了這種苦楚，
植物紛紛枯萎，動物也遠離人們，
直到大地再也承受不住這種悲傷的情緒，大地崩裂，天空下起了雨，
自然萬物用各種形式幫助人們洗去悲苦⋯⋯

宇宙捎來的訊息

你曾經傾聽過風為你捎來宇宙之心的訊息嗎？
風輕輕吹著，陽光煦煦照耀著大地，
這時候的你，請靜靜感受著風為你捎來宇宙萬物給人們的愛。

宇宙之心從來沒有離開過，它一直都在。
宇宙之心用光表達它的愛，用自然生命表現它的存在。

無論是樹的發芽、開花、結果、凋零，
每一分每一秒都是宇宙之心提醒人們它的存在。
生命的一切，都是光的存在也是宇宙之心的存在。

花開花謝，春去秋來，任時間流轉，
宇宙之心讓人們依著自己的心願打造這個世界，
這個世界可以好也可以壞，宇宙之心靜靜的觀照著，等待人們重新想
起它的那一刻。

所有的一切早已為你準備好了，
所有的一切都是為了與你相遇。